Alex C. Weiss

Arenlai

Wörterbuch Sirnie

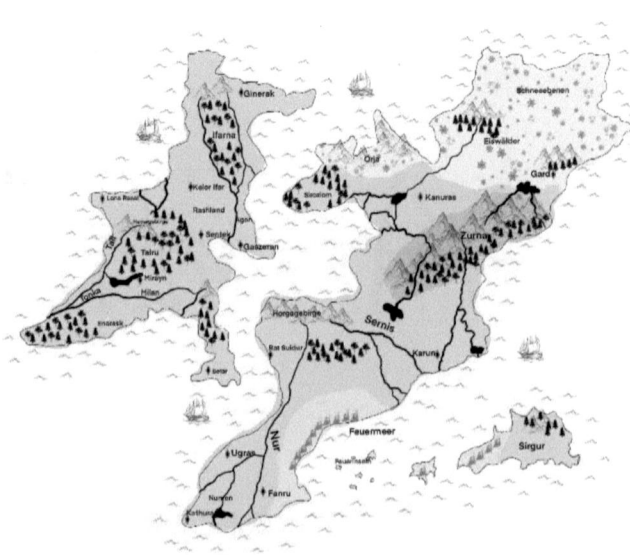

Für alle, die gerne tiefer in die Welten der Fantasywelt Arenlai eindringen wollen.

Lernt Arenlais alte Sprache kennen und seht, woher mancher Name vielleicht kommen könnte.

Impressum

Bibliografische Information der Deutschen National-bibliothek: Die Deutsche Nationalbibliothek verzeichnet diese Publikation in der Deutschen Nationalbibliografie; detaillierte bibliografische Daten sind im Internet über dnb.dnb.de abrufbar.

© 2022 Alex C. Weiss

Herstellung und Verlag: BoD – Books on Demand, Norderstedt

ISBN: 9783756862740

Vorwort:

Sirnie ist die alte Sprache der
Schutzgeister Arenlais.
Diese teilen sich in die Wesen des Lichts,
die Nagur und die der Dunkelheit,
die Gurdor auf. Als die Menschen Arenlai
besiedelten, entwickelten die Schutzgeister, die sich zuvor ausschließlich
telepathisch unterhalten hatten, diese
Sprache um mit den Sterblichen
zu kommunizieren. Diese vergaßen die
alte Sprache, als sie sich mehr und mehr
von ihren Beschützern entfernten, ihren
eigenen Weg gingen und ihre eigene Sprache
entwickelten.

A

Aas - terp

ab – es

Abend - renis

aber - jil

Abschied - sunar

achtsam - binusre

Achtung – rina

Acker - pegar

Ader - himun

Aggression – prakat

aggressiv – prakeret

agil - siv

Ahnen – winas

Ahnung – zilesma

aktiv – cartis

akut - kret

Alchemie – uztam

Alchemist – uztamar

Alkohol - prit

alle - ifar

allein - quis

alles – ifur

Altar - isgu

Alter - isá

altern - isáre

an - a

ändern - ichgure

anders - ichgu

Anfang - libru

Angst - cha

Antwort - atar

Apfel - ronin

arglos - esecho

Argwohn - esa

argwöhnen - esere

Art - ari

Asche - fars

Ast - est

Atem – usal

atmen – usale

Attacke - kritark

auch - getros

auf - ar

aufbrechen - sinare

Aufbruch - sina

Aufgabe - arzirum

aufhalten - arsánre

aus - ur

auserwählt- garnaf

Aussicht - urtzure

Axt - jes

B

Bach - val

backen – osilre

Bad - lir

baden – lirtre

bald – rai

Balg – ulis

Bälger - ulisna

Balken – olikran

Band – esif

Band - inaf

Bär - geru

Bart - reg

Bau - num

bauen - numré

Bauer - gaspru

Baum - flar

Baum - ugre

Beeren – prika

Befehl – krastik

Beginn - histum

Beginn - ovem

beherrschen - aginre

Beine - lip

beißen - nakka

Beobachtung - urnav

bereits - esem

Berg - enurg

bergen - augre

bersten – nigare

berühren – chinsre

Berührung - chinsa

Besen - tigrak

besser - listal

bestimmt - nagar

beten – lisra

betteln - gitarte

Bettler – gitar

beugen - dufre

Beule – otaz

Beute - limhus

Beutel – zuris

Beweis – fadlim

beweisen - fadlimare

biegen - degre

Biene - sám

Bild – rasú

bilden - rasúre

bin - tar

binden - esifre

bisher – valu

Biss – nak

Bitte - navar

bitten - navare

Blatt - fursa

blau - achu

bleich – zrat

Blick – elin

blicken - elintra

blind - dazris

Blitz – lup

blühen - hisre

Blume - tulva

Blut - gerinam

Blüte - his

Boden - limalo

Bogen - ruan

Boot - alkrat

böse - ruka

Bote - nureg

Brand - xan

brauchen - getras

Braut – risa

brechen – unaltre

Brei – brak

breit – osad

brennen - xanre

Brief - pasram

bringen - kusre

Brot - ogra

Bruch – unalt

Brut – krak

brutal – gitral

Brutalität - gitrak

brüten - kraktre

Bub - ret

Bund – jimlan

Bündel – lastima

Burg - aures

Bürste – ziste

Busch - lertaz

Busen - tirni

C

Chaos – karap

Chaot – karapat

chaotisch – karapis

charmant – liasra

Charme – lias

D

dabei – plis

dafür – osri

daheim – latres

damals – inumtar

Dame – lista

damenhaft - listare

Damm – tun

Dampf – esla

dampfen – eslari

Dank - chat

dann - jem

darauf - agon

darin - geklis

darum - serto

darum – sor

darunter - fru

Dauer - kerva

dauernd - kervo

Daumen – pumjat

Daunen – lajat

Decke – mistjan

dein - suk

denken - elgre

der, die, das - ta

deuten – erlas

dienen - achare

Diener - achari

Dienst - acha

dieses - makut

Dinge - sulcem

direkt - nag

Disput – xakrif

doch - nal

Donner – timuk

Dorf - nar

Dorn - darg

Dornen – albrivam

dort - ni

dösen - asire

Drachen (Feuerrachen) - hichareg

draußen - puzim

drehen - dichre

drohen - piztrakre

Drohung – piztrak

drüben - degare

drücken - genare

du - su

Duft - evre

dumm - inad

dunkel - dorsa

dünn – tras

Dunst - zurna

durch - dagar

dürfen – sami

dürr - itras

Durst - sef

E

Ebenbild – zitrosak

ebenbürtig – nim

Ebene - stradas

Echo – lijap

edel - sant

Effekt – kalsim

egal - vecha

Ehe - nas

Ehre - nesin

ehren - nesinre

Ehrfurcht – itvamas

Ei – zib

Eifer - kai

Eifersucht – kainalep

eifrig - kaila

Eigensinn - obral

Eigentum – owuras

Eile - ardu

eilen - ardure

ein- za

einbrechen - krikare

Einbruch – krikar

Eindruck – krisav

einen - esére

eins - eś

Einsamkeit - ifarna

einst - zaru

Eis - ol

eisig - oles

Ende-pal

ent- su

enthalten - zogar

Entschluss - wiga

entstehen - tagras

er- ai

Erde - ear

erdig - earsu

erkunden - zaserken

erst - esé

erste/r/s - tes

es - xif

Esel - sirch

Essen - zagare

euch - sir

euer - sira

extrem - gekrassan

F

Fach – potra

Fächer – lassa

Fackel – brocha

Fähigkeit – hoprak

Fahne - emrax

Fahren – erśre

Fahrt - ersá

Fall - vis

fallen - vire

falsch – ijat

Falten - elre

Familie – partim

Fanatiker - iseprak

fanatisch – iseprat

Farbe – pisvech

Farm – inov

Farmer – inovar

Fass – por

fassen - porra

fast - nib

fatal - mativ

fauchen – krezstera

faul – leg

Faulheit – legga

Faust - jakk

fegen - knostra

Fehde – vinkra

fehlen – lizza

Fehler - lizzre

feige - frai

Feigheit - fraia

fein - uzsa

Feinde - gernom

Fell - napram

Felsen – hokkra

felsig – hokkres

fern - idur

Feuer- hicha

finden - avre

Flamme - chita

fliegen - nasgere

fließen - kire

Flucht - haras

Flügel - nasgar

Fluss - kir

Flut - sern

folgen - nivare

formen - jusri

fort - ag

Frage - heres

fragen - here

Frau - sar

frei - gil

Freiheit - gilva

Freude - bir

Freund - birnur

Freunde - birnar

Frieden - urnos

friedlich - urno

Frucht - nam

fühlen - fulnare

füllen - quere

Fund - avras

Funde -avrem

für -lor

Furcht - cha

fürchten - chare

Fuß -surta

G

Gabe/Geschenk - zirun

Gabel – gefer

gaffen – kapire

Galgen - zkriv

gammeln – kritsare

Gammler – kritsak

Garn - vaś

Garten - blugech

Gas – pir

Gast - nichach

Gasthof – laprat

Gattin – omav

Gattung – rikur

gaukeln – livare

Gaukler – livag

Gauner – riktar

Gaunerei - riktav

geben - gechre

Gebiet – ompraz

gebieten – paltere

Gebirge - krachis

Gebiss – lakret

Gebot – paltro

Geburt - vanu

Gedanke – rivec

gedenken – revere

Geduld – odrem

geduldig – odras

gefangen – umlas

Gefängnis – umlastra

geheim - ges

gehen - gatno

Geist- os

gemeinsam - filre

gern - orvel

Gesandte - sírnu

Gesicht - gicha

Geste – trim

gestern - juv

gestikulieren – trimere

gesund - herva

Gewand - laurem

gießen - nurdare

Gift - jor

Glanz - hev

glänzend - hevre

gleich - fare

gleiten - jursre

Glück - vasirem

glühen - halre

Glut - hal

Gold - xar

graben - asser

Gras - mira

groß - locha

Grund - hinar

Gruß - jar

gut - kes

Güte - kesta

H

Haar - sart

haben - norsa

halb – zid

Hälfte – zidda

Halm – trop

Hals - rik

Halt - gat

halten - gatre

Hand - aden

Handel – uzrac

handeln - uzare

Händler – uzra

hängen - dirtes

hart - pich

Hase - nurg

Hass – bras

hassen - brassa

Hast – ils

hasten - ilsre

hat - kler

Haufen – dorig

häufig – glief

Haus - norsa

Haut - nach

heilen - jivnare

Heim - harda

helfen - tigar

her - qul

Herz - siv

hetzen - omjach

heulen - fuchere

heute - garb

Hieb - garś

hier - ke

Hilfe - tigrum

Himmel - sachrod

Hitze - xir

Hof - nem

hoffen - aila

Hoffnung - ailar

Hohn - wucha

höhnen - wuchare

holen - nusre

hören - sperde

Horst - bal

Hort - nui

Hunger - urta

Hüter - artarem

I

ich - es

ideal – sipan

Idee - efget

identisch - lifab

Idiot – wrip

Idol - inutras

ignorieren - zipan

ihm/ihr/sein - pal

illoyal - inut

Illusion - penakrem

im - el

Imitation – oppares

imitieren - oppare

immer - piot

imponieren – folazare

imposant - gekrat

in - at

Information – lomkerv

Inhalt - pen

innen - jot

Innerei – jotak

innig - folu

Insel - isa

insgeheim – efare

Inspiration – lobra

intakt – hilat

intelligent - aniomis

intensiv – lovabar

Interesse - kramis

irre - sirjat

irren - egure

Irrtum - eguras

ist - ars

J

ja - par

Jagd - gatno

jagen – gatnes

Jäger - gattna

Jammer - jach

jammern – ijach

jaulen – himare

jede/r/s - sin

jederzeit- igkrus

jedoch - zic

jemals - erin

jetzt - rat

Jubel - itram

jubeln - itrames

jucken – ifecce

Juckreiz - ifecz

Jugend – revted

jugendlich – revter

jung - zane

Jungfrau - getam

jungfräulich - getamra

Jungvolk – piral

Juwelen – sitran

K

Käfig – isák

kahl - sivre

kalt - mires

Kälte - mir

Kampf - rik

kämpfen - rikare

Kämpfer - rika

kann /können - onar

Kappe - lizop

kaputt - gerbur

Karte - zirtach

Kater – prisev

Katze – sevva

kauen - jem

Kehle – ostir

kehlig - ostra

Keil – liz

kein - lik

kennen – genas

Kern - bross

Kette – zirra

keuchen – klirrar

Kind - nisbu

Klammer – dammar

klammern - dammare

klar – seled

Klarheit – selekare

Kleid - jusra

Kleidung - jusram

klein - mes

klemmen – damva

klopfen – limurtares

klug – zit

Klugheit - zitre

Knabe - jach

Knall – kris

knapp – tup

knarren – krivtes

Knopf – upil

knöpfen - upilare

Knoten – uvrak

knurren - kradva

kommen – barmer

Kopf - okto

Korn - garf

Krach - nai

Kraft – pigra

Krallen – vrizza

krank - kes

Krankheit - kesares

kratzen – vriket

Kratzer - vrik

Krieg - ura

Krieger - urak

Krug – urg

krumm - prik

Kugel - rak

kühl – versa

kühn - kun

Kunst - pechu

Kurz- tu

Kuss - lir

Küste - pan

Küste - werra

L

lächeln - ilas

lachen - echri

Lage - jachrem

Lager – ritwes

lagern - ritwere

Lampe - rensa

Land -nura

landen - nurare

lang - tur

Lärm - kret

Larve - uvselt

lassen - res

Last - garnu

Lauer - eso

lauern - esor

Lauf - grisva

laufen – grisvam

Laune – prasit

lauschen - fal

laut - nais

leben - chabre

Leben - chal

lechzen - zawrile

lecken – setere

leer - do

Leere – jachne

legen – jachreme

Legende – garifanes

Lehm - zubram

Lehre - gicha

lehren - gichare

Leib - vomar

Leid – ufir

leiden- dersre

Leidenschaft - imortase

leise - liste

lernen - luchare

leuchten - arinre

leugnen - gilva

Leumund – ikmar

Leute – prama

Licht - aren

Liebe - siva

Liebhaber - hensiva

Lied – vudra

liefern - jaminre

Lieferung – jamin

liegen - lara

lindern - halivare

Linderung – halivaslim

links – ban

List - gach

Lob - irdu

loben - irdure

Loch - uparigat

locken - samantra

lodern – primra

los - heflar

löschen - givern

Luft - lina

Lüge - gil

lügen - giltre

Lust - nast

M

machen - bartere

Macht – sul

Mädchen - janima

Magie – usar

Magier – usartar

malen – zitta

Malerei – zittra

manche/r/es - fnar

Mangel - temip

Mann – gus`

Marter – enars

Maske – uzes

maskieren - uzesre

Mauer – gernuv

Maul – zrut

maulen - zrutere

Meer – ina

mehr – let

mehrere – letta

mein – vin

meist – jit

Meister – orgavra

melken – bunif

Menge – ruda

Mensch – nuv

menschlich – nafar

meucheln – tarric

Meuchler – tarricas

Meute – okriz

mich – vina

Mief – lov

miefen - lovare

Milch – extra

mild – oure

mischen – licom

Mischung - licomar

Mist – buv

mit – lich

Mitte – parsa

mögen – gal

Mörder – eraskam

Morgen – graliv

motzen - kadifre

müde - lim

Müdigkeit – limas

Mund – kim

munter - falla

müssen – niref

Mut – mers

Mutter – lari

N

Nabel – Nurge

nach – wilga

Nachricht – parram

Nacken – agru

nackt – frem

Nacktheit - fremres

nagen – argre

nah – dres

Nähe – dressa

nähern - dresare

nährend - zagares

Nahrung – zaga

Name – urnom

Narr – terger

nass - ucha

Nässe - uchra

Natur - israv

natürlich – isram

Nebel – nuvaga

neben – prel

nebenbei - prelare

necken – zibu

nehmen – pobare

neigen – isgure

nein – naf

Nest – wach

Netz – nista

neu – nig

Neuigkeiten – nigal

nichts – ma

nicken – litrazere

nie – nev

niedrig – zar

niemand – ergul

nieseln - wtres

nießen – trik

Norden – vech

Not – chir

nötig - chirres

nur – as

Nuss – inda

Nutzen – umbak

nützen – umbakre

nutzvar - umbakka

Ö

oben – miz

Obhut – wasihlar

Obst – ras`

obwohl - nobvet

oder - timlis

Ofen – tarre

oft – les`

ohne - jov

Ohnmacht – jovsul

Öl – gar

Oma – laris

Opa – nevgas`

Opfer – karasnav

ordnen - ebrale

Ordnung – ebral

Orkan – fucha

Ort – niv

Osten – liv

oval – unem

Ozean (Meer) – ina

P

Paar – husrim

paaren (sich) - husrimre

Paarung – husrimrat

packen - trakas

Paket - akas

Panik - ikresk

passen – sur

passend - sure

passgenau - surra

Pech - zrotim

Pein- dornag

peinigen – dornagare

peinlich - dortras

Pelz - grik

perfekt - lonim

Perfektion - loniman

Perle - unri

Pfad - tras

pfeiffen - enare

Pfeil - ilwas

Pferd – nostrem

Pfiff - enar

Pflanze - rumnaat

Pflanzen - rumnare

Pflege – fumire

pflegen – fumitare

Pfleger - fumar

pilgern - ufare

Pilz - ebra

Pinsel - zmutga

Plage – dovrit

plagen – dovritare

Plan – majot

planen – majotare

Planet - sucel

platt – wet

Platte – weta

plump – wugns

Portal - nivgar

Pracht – uljo

prächtig - uljonu

prall – miv

prallen - nitriv

Pranken – pimut

Preis – vutas

Problem – kattes

problematisch - kattarim

Puls – mivk

pusten – hichnasre

Q

Qual - dornag (Pein)

quälen – dornare

Qualm - librem

qualmen - libremas

qualvoll - dornilmat

Quelle - ifralem

quer - trin

quetschen – klomrik

quietschen - liznur

R

Rabe – zergardo

Rachen - reg

Rad - zlev

Rage - krez

rammen - obvat

rasch - nirv

Rast - luba

rasten - lubare

Rau - pecu

Raub - rez

rauben – rezere

Rauch – pituj

rauf - tor

raufen - vuztrege

raunen – gufretere

raunen - nirfre

Rausch - livowagas

reden – pivart

Redner - pivartar

Regel – chim

regelmäßig - chimbartes

Regen - hivnu

reiben - umlosd

reich - gaz

Reichtum - gazris

Reif - refnat

Reigen - quisto

Reihe – raniz

rein -aila

reißen – zretre

reiten – rufgere

Reiter – rufgar

Reittier - rufgartum

rennen - ernure

retten - zocha

Retter - zochet

Rettung – zochart

riechen - zibraji

Riese - ichnam

riesig - ichna

ringen - gachure

Rippe – stuwa

Riss – zret

Rivale – brunta

Rivalität - bruntarek

roh – vled

rollen – gizlev

Rubin - nevar

Rücken – abras

Ruder – muvas

rudern – muvere

rufen – vachre

Ruhe - sinra

ruhen - sinre

Ruhm - nesín

rühren - timebre

Ruin – busnad

Ruine - gerbusnad

ruiniert - busnadre

rund - gefru

runter – nav

rüsten – havere

Rüstung - havri

S

Saat – olv

Saatgut – olvak

Sachen – pivras

Saft- egret

sähen - olvere

Salbe – hibla

salben - hibare

Salz - dartac

Sand – bur

sanft - fen

Sarg - melgar

Säulen - astee

schade – fla

schaffen/schöpfen - pechu

Schale – hiboj

schälen – hibojere

schauen - garere

scheinen - lasras

schenken - zirun

scheu - gularis

Schiff – fir

Schild – gril

Schlamm – pugis

schlammig - puggis

Schlächter - seras

schließen - rifa

Schluss - rilf

Schmerz - char

Schmerzen - chare

Schmetterling - zigrel

Schmied - buvor

schmieden - buvore

Schnee – sal

schön – jan

schon – lop

Schönheit - janras

schräg – onvor

Schrei – drak

schreien – drakere

Schuft - ginbrat

Schuh – rivtur

Schuld – badur

schulden – baduras

Schuldner - badurak

Schutz - gur

schützen - gure

Schwert - zigre

See - dar

Seele – ziva

Segen – utha

segnen – uthares

Segnung - utharak

sehen – tzure

sehr - opra

Seide – niva

Seil - prat

sein - bin - tar

seufzen - isrunre

Seufzer - isru

sich - il

sich - res

Sichel - chan

sicher – gosnem

Sie - gem

Sieg - Nacht

Silber - sirca

singen - nuvale

Sinn – tros

Sitz – erez

sitzen – ered

so – pir

sobald – vris

sofort – mafit

Sohn - dar

sollen - aunef

Sorge – lergo

spähen - kresta

Späher - krest

Spannung – ohivar

Speer - surnaf

Speichel – ziwet

speien – oxdil

sperren - polgre

Spiegel - mesnet

Spiel – bolsam

spielen - bosamre

Spion – taham

Spott - sibre

spotten - sibra

sprechen - karsive

springen - dafabre

Spruch - kas

Sprung – dafab

spucken – umvartere

Stab – ztrik

Stadt – trenam

Stamm – ulmov

stämmen – umovere

stämmig – umovers

Stärke - tul

starr - ritew

Staub – irg

stauben - irgare

staubig – irga

staunen - ternav

stechen – libare

stehen - onem

steil – osit

Stein - horgas

stellen - kar

Steppe - rucha

sterben – witras

Sterblicher - witrak

Stiel – pobras

Stock – jumit

Stoff - talamis

Stolz - irtu

stören – gilbitre

Störung – gilbitere

Streit – garna

streiten - garnare

Strom - lia

Stück – zrav

stumm – prat

Sturm - kucha

Sturz – izte

stürzen – iztere

suchen – ligre

Sumpf – inudra

T

Tadel – buzvat

tadeln - buzere

Tafel - amke

Tag - fre

Tal – givre

Tanz – jal

tanzen – jallis

Tänzer - jallisa

tasten - sutre

Tat – rug

taub - zagir

Taumel - trigga

taumeln – triga

täuschen - lamre

tauschen – sere

Teil - oniv

Thron – rizza

thronen – rizzare

tief - ere

Tier - dun

Tochter - Aura

Tod - nuf

tragen - arkas

Träne - inec

Trank - basrat

Traum – tima

träumen – timare

Träumer – timak

traurig - achar

treffen- gitrag

treu – dazri

trinken - basre

Tropfen - telnaf

Trost – luvral

trösten – luvralis

tun - rure

Tunnel – quera

Turm – criv

U

Übel - zratak

üben – hir

über – mai

überall - tras

Überfall - zitokat

Übung – hira

Ufer - quira

um - va

umarmen - sileme

Umarmung - silem

Umgang - mir

un- - ra

und - if

Unmut- resfam

Unruhe - rasinre

uns - iś

unser - iśna

Unsinn - ratros

Untat - lesrure

unter - zalga

Urteil - watrem

Urwald - wingarum

V

vage – jinas

Vater - nevrum

ver- - nas

Verband - japni

verbannt - naslip

Verbannung - naslipan

verbinden - japnires

Verbot - naskep

verboten - naskepas

Verdacht - zilev

Verderben - gadres

Vergangenheit - nasgotra

Verrat - araqu

viel - garnos

Vogel - sardo

Volk - Karl

voll - dig

von - la

vor - nos

vorn - ste

W

Waage – lebgaz

wach – onu

Wache – onuk

wachen - onukere

Wachs – zabas´

Waffe – kasseras

wagemutig – lemartos

wagen – lemar

Wagen (der) - zatov

wählen - kenre

Wald - lorn

wandern - persare

warm - chais

warten bivare

warum - nap

was - zo

Wasser - visa

weben - hefre

Weg – urna

weich - zosé

weichen - hursre

Weide - Gala

weil- hir

Wein - vin

weit - rat

Welle - luso

Welt - lai (Stern)

wer - rig

werden - ers

werden - zure

werfen - jure

werfen – jurna

Werk - arla

Wert - ju

Wesen - ruva

Westen - raf

wichtig - ka

wie - le

Wiege - fech

wiegen – lebare

Wille - mirtu

Willkommen - parmirtre

Wind - obuv

winzig - fnir

wir - jarges

wirken - igare

Wissen - valure

wo - it

wofür - nun

Wohl - pobar

Wohlwollen – pobhiv

wohnen - ginre

Wohnstatt – ginrum

Wolf - gal

Wolke – wulva

Wolle - savreb

wollen - mirtre`

Wort - kisrag

Wörter - kisreg

Wunder - gis

wünschen - nurenlar

Wüste - lirv

X, Y, Z

Zacken - katras

Zahl – pilu

zählen - pilurem

zahm - lom

zähmen - lomre

Zahn - wtras

Zähne - wtres

zart - os

Zauberer - Usartar

zaudern - hugre

zaudern - krim

Zeh - kras

Zehen – krast

zeigen - hare

Zeit – krus

Zelle - iknu

Zelt - zuv

Zepter - olitaz

zer - ga

Zerfall - gav

zerfallen - gavis

zerren - ukitra

Zerstören - gabuare

Zerstörer - gabur

ziehen - Infarkt

zu – ber

Zunge - izap

zurück - benek

zwischen - quer

Vorsilben

ab - es

an - a

auf - ar

aus - Ur

be - na

ein - an

er - zählt

un - ra

ver - nas

vor - nos

zer - ra

Farben

Blau - chan

Gelb - inul

Gold - dosna

Grau - urag

Grün - ezun

Lila- genu

Orange - razin

Rosa - niv

Rot – zata

Dunkelrot - zatal

Schwarz - zerga

Silber - siras

Türkis - luri

Weiß - nam

Zahlen

1 - es

2 - des`

3 - nag

4 - verg

5 - nav

6 - zusgar

7 - nirvu

8 - gerna

9 - suchgi

10 - nad

11 - eśnad

12 - desnad

100 - narge

1000 - kachu

Weitere Bücher von Alex C. Weiss:

Fantasy:

Fantasyroman: Arenlai Pan

Poesie:

Leinwandpoesie - Glücksmomente
Leinwandpoesie - Tränenmomente
Leinwandpoesie - Wutmomente
Leinwandpoesie – Traummomente